क्या हुआ?
PMC घोटाला

लेखक
हिमांशु शर्मा

डायमंड बुक्स
www.diamondbook.in

प्रकाशक : डायमंड पॉकेट बुक्स (प्रा.) लि.
X-30, ओखला इंडस्ट्रियल एरिया, फेज-II
नई दिल्ली-110020
फोन : 011-40712200
ई-मेल : sales@dpb.in
वेबसाइट : www.diamondbook.in

KYA HUA? PMC GHOTALA
By : Himanshu Sharma

सूची

1

आरंभ

देश का विकास, देश के नागरिकों के आर्थिक विकास में ही समाहित है और सहकारिता के माध्यम से पूरी दुनिया में हमने अनेक देशों को विकास की ओर अग्रसर होते हुए देखा है। दुनिया भर में जिन भी देशों में सहकारी समूह कार्य कर रहे हैं। उनके प्रमुख सिद्धांतों में, उन समूहों के सदस्यों का आर्थिक विकास ही प्रमुख रहा है। ये ही सहकारी समूह आगे चलकर बैंक के रूप मे परिवर्तित हो जाते हैं। आजकल भारत में भी सहकारी बैंक यहां के नागरिकों के लिए जीवनरेखा के रूप में कार्यरत हैं। इस बात से बिल्कुल भी इनकार नहीं किया जा सकता कि सहकारी बैंकों के कारण ही भारत के गाँवों और कस्बों में आम नागरिक बैंकिंग से जुड़े हैं और इससे न केवल बैंकिंग प्रणाली के विकास में वृद्धि हुई है बल्कि देश की अर्थव्यवस्था का विकास भी हुआ है।

देश के सहकारी ऋण ढांचे का प्रमुख उद्देश्य आम जनजीवन को ऋण लेने का एक बेहतर विकल्प प्रदान करना है और अभी तक सहकारी बैंक अपने इस उद्देश्य में पूरी तरह से सफल हुए हैं। सहकारी बैंकों से प्रमुख लाभ यह होता है कि यह कम पढ़ी-लिखी एवं ग्रामीण आबादी को परंपरागत उधार-दाताओं के चंगुल में फंसने से बचाते हैं और यह उन्हें यानी अपने ग्राहकों को अन्य वाणिज्यिक बैंक एवं उधार-दाताओं की अपेक्षाकृत काफी कम ब्याज दरों पर ऋण उपलब्ध कराते हैं। इस प्रकार सहकारी बैंकों ने ग्राहकों के बीच में बचत एवं निवेश को बहुत प्रोत्साहित किया है।

आज देशभर में सहकारी बैंक वाणिज्यिक बैंकों के साथ तालमेल बिठाकर काम कर रहे हैं और कृषि आधारित या कम पढ़े लिखे छोटे व्यवसायियों के लिए आवश्यकतानुसार वित्त प्रदान करने में महत्वपूर्ण भूमिका निभा रहे हैं। लेकिन हाल ही में भारतीय रिजर्व बैंक द्वारा पंजाब एंड महाराष्ट्र सहकारी बैंक पर कार्यवाही करते हुए उसके घोटाले को पकड़ा गया। आरबीआई ने पीएमसी बैंक पर आने वाले अगले 6 महीनों तक किसी भी प्रकार का बैंकिंग कार्य करने पर प्रतिबंध लगा दिया। साथ ही, आरबीआई ने बैंक के ग्राहकों को रुपए निकासी की सीमा भी निर्धारित कर दी सबसे खास बात तो यह है कि पीएमसी बैंक देश के सबसे बड़े शहरी सहकारी बैंकों की श्रेणी में से एक है और जिसकी कुल जमा राशि 11617 करोड रुपए से भी अधिक रही है। देश का इतना बड़ा एवं लोकप्रिय बैंक जिस प्रकार अपनी साख बचाने को जूझ रहा है और संकट का सामना कर रहा है यह देश की सहकारी बैंकिंग प्रणाली की चिंता का विषय है हालांकि इस बात से बिल्कुल इनकार नहीं किया जा सकता कि देश के सहकारी बैंकों को बदलते समय के साथ आवश्यकतानुसार बड़े बदलाव की आवश्यकता होती है। ऐसी ही एक कहानी के माध्यम से हम पंजाब और महाराष्ट्र सहकारी बैंक में हुए घोटाले के बारे में जानेंगे।

2

ज्ञानसभा

मुंबई में मुलुंड इलाके के एक पार्क में खुले में एक कक्षा चल रही है। यहां एक मास्टरजी अपने सामने बैठे कुछ लड़के एवं लड़कियों को बैंकिंग एवं वाणिज्य का ज्ञान दे रहे हैं। मास्टरजी की खास बात ये है कि जब वे किसी चीज की परिभाषा देना शुरू करते हैं तो एक नॉन स्टॉप ट्रेन की तरह बिना रुके बोलना शुरू कर देते हैं, फिर चाहे किसी के समझ आए या ना आए। मास्टरजी बोलना शुरु करते हैं।

'तो बच्चों, आज हम बात करेंगे बैंक एवं सहकारिता के बारे में। तो सबसे पहले बैंक के बारे में बात करते हैं। बैंक एक ऐसी वित्तीय संस्था है जो लोगों से पैसा जमा करने तथा उन्हें देने का काम करती है। लोग अपने हिसाब से अपनी कमाई हुई राशि को बचत के रूप में सुरक्षा की दृष्टि से अथवा ब्याज कमाने हेतु बैंक में जमा करते हैं और अपनी आवश्यकतानुसार समय-समय पर उसे निकालते रहते हैं। इस प्रकार बैंक लोगों से प्राप्त की गई राशि को व्यापारियों और व्यवसायियों को ऋण के रूप में देता है और वहां से ब्याज कमाता है। आर्थिक आयोजन के आज के युग में कृषि उद्योग और व्यापार के विकास के लिए बैंकिंग व्यवस्था अनिवार्य हो चुकी है। जमा ध नराशि रखने एवं ऋण देने के अलावा बैंक अन्य काम भी करता है जैसे लोगों से उनके आभूषण या अन्य बहुमूल्य वस्तुओं का लॉकर के रूप में सुरक्षित रखना, अपने ग्राहकों के लिए उनके चेकों का संग्रहण करना, व्यापारिक बिलों की कटौती करना, एक एजेंसी की

तरह काम करना एवं गुप्त तरीके से अपने ग्राहकों के आर्थिक लेनदेन एवं स्थिति की जानकारी लेना एवं देना। इस प्रकार बैंक केवल धन का लेनदेन ही नहीं करते बल्कि यह एक साख की तरह काम करते हैं। इसलिए ही बैंक को साख का सृजनकर्ता भी कहा जाता है। बैंक, एक देश की इधर-उधर बिखरी हुई संपत्ति को केंद्रित कर देश के विकास एवं उत्पादन के कार्यों में लगाते हैं जिससे पूंजी का निर्माण होता है और उत्पादन की प्रगति में सहायता मिलती है और देश का विकास होता है।'

'तो समझ आया कि बैंक क्या होता है और कैसे काम करता है?'

परिभाषा सुनकर सभी विद्यार्थी एक दूसरे की तरफ देख कर हंसने लगते हैं और हंसे भी क्यों ना, इतनी लंबी चौड़ी परिभाषा मास्टरजी ने एक बार में बोल दी और बीच में किसी से पूछा भी नहीं कि कुछ समझ आ रहा है भी या नहीं। बस बोल दिया। अब बच्चे भी क्या करें, मास्टरजी के पूछने पर सभी ने हामी भर दी और इसके बाद मास्टरजी दोबारा चालू हो गए।

'देखो बच्चों! अब हम बात करेंगे सहकारिता के बारे में। सहकारिता से तात्पर्य एक ऐसी व्यवस्था से है जिसमें कुछ लोग मिलकर एक समूह बनाते हैं जिसमें वे आपस में एक दूसरे की सहायता करने के लिए धन का निवेश करते हैं। जिससे जब भी किसी व्यक्ति को धन या किसी अन्य प्रकार की सहायता की जरूरत पड़ती है तो इस समूह द्वारा उस व्यक्ति की मदद की जाती है और इसे ही को-ऑपरेटिव, यानी सहकारिता कहा जाता है। सहकारी बैंक एवं सहकारी समितियां भी इसी प्रकार काम करती हैं। तो समझ आया मैंने क्या बताया।

फिर वही लंबी-चौड़ी परिभाषा, अब कोई बच्चा अगर कुछ पूछे भी तो क्या पूछे क्योंकि इतनी सारी पंक्तियों को एक साथ सुनने पर कुछ याद नहीं रहता। एक बच्चे ने आखिरकार हिम्मत दिखाकर मास्टरजी से पूछाः-

'मास्टर साहब मुझे कुछ पूछना है।'

मास्टर साहब ने कहा, 'हां बेटा पूछो, लेकिन एक मिनट रुको। मैं पहले सहकारी बैंक के बारे में और बता दूं फिर तुम सारे प्रश्न एक साथ पूछ लेना।

ऐसा कहकर मास्टरजी फिर शुरू हो गए। 'सहकारी बैंक वे बैंक होते हैं जिनका गठन एवं उनकी कार्यप्रणाली सहकारिता के आधार पर होती है। विश्व के अधिकांश देशों में सहकारी बैंक हैं, जो वहां के नागरिकों के धन को जमा करते हैं तथा उन्हें जरूरत पड़ने पर दोबारा देते हैं। सहकारी बैंकों की स्थापना का मुख्य उद्देश्य कृषि एवं ग्रामीण क्षेत्रों के लिए उन्हें अधिक आसानी से सुविधाएं उपलब्ध कराना है। अतः इस प्रकार यह संस्थाएं भी देश के वित्तीय विकास में सहायक होती हैं। सहकारी बैंक वे छोटे वित्तीय संस्थान होते हैं जो शहरी या गैर शहरी या दोनों क्षेत्रों में छोटे व्यवसाय या ग्रामीण क्षेत्रों से जुड़े लोगों को ऋण की सुविधा प्रदान करते हैं। सहकारी बैंक आमतौर पर अपने ग्राहकों या सदस्यों को कई प्रकार की बैंकिंग सेवाएं देते हैं जैसे ऋण देना, पैसे जमा कराना, बैंक खाता प्रदान कराना। इस प्रकार सहकारी बैंक की कार्यप्रणाली, उनके उद्देश्य एवं शासन, अन्य वाणिज्यिक बैंकों की तुलना में भिन्न होता है क्योंकि सहकारी बैंकों का प्रमुख लक्ष्य अधिक से अधिक लाभ कमाना नहीं बल्कि अपने ग्राहकों को सर्वोत्तम सेवाएं उपलब्ध कराना होता है और सहकारी बैंकों का स्वामित्व एवं नियंत्रण इसके सदस्यों द्वारा एवं राज्य सरकारों द्वारा ही किया जाता है क्योंकि यह सहकारिता पर ही आधारित होता है और इसके सदस्य ही इसके निदेशक मंडल का चुनाव करते हैं। सहकारी बैंक भारतीय रिजर्व बैंक द्वारा विनियमित किए जाते हैं और बैंकिंग विनियमन अधिनियम 1949 के साथ-साथ बैंकिंग कानून अधिनियम 1965 के अंतर्गत आते हैं सहकारी बैंक सहकारी समिति अधिनियम के तहत पंजीकृत किए जाते हैं।

तो समझ आया बच्चों! ये होते हैं सहकारी बैंक। हां बेटा! अब बताओ! तुम क्या पूछना चाहते थे?

अब इतने लंबे चौड़े भाषण को सुनकर तो प्रश्न ही प्रश्न को भूल जाए और ये तो बस एक बच्चा है। आखिरकार वह बच्चा सब भूल गया लेकिन उसने अंत में कहा:-

'मास्टरजी जरा अपनी गाडी एक दो स्टेशनों पर तो रोक लिया कीजिए।'

ऐसा सुनकर सभी ठहाके मारकर हंसने लगते हैं। दरअसल, मास्टरजी ने कुछ गलत परिभाषा नहीं दी, लेकिन अब करें भी क्या, 65 वर्ष की उम्र भी काफी हो गई है। सरकारी अध्यापक के पद से रिटायर्ड भी हो चुके हैं।

आजकल वे इस 'ज्ञानसभा' नामक एक संस्था से जुड़े हैं जो आसपास रहने वाले चौलके बच्चों को मुफ्त में शिक्षा प्रदान करती है। इस संस्था से वे सभी रिटायर्ड लोग जुड़े हैं जो समाज सेवा करना चाहते हैं। तो बच्चों को शिक्षा देने से बेहतर और क्या समाज सेवा होगी। इन सभी रिटायर्ड लोगों ने मिलकर यह 'ज्ञानसभा' नामक संस्था खोली है। जिससे इस मोहल्ले के बच्चों को पढ़ाई में काफी सहायता मिल रही है।

3

उपभोक्ता परिचय

जोरदार बारिश का मौसम है। मुंबई लोकल ट्रेन में बारिश के मौसम में जाने का अपना ही एक अलग अनुभव होता है। ट्रेन इस मूसलाधार बारिश में भी खचाखच भरी हुई है और लोगों के चढ़ने की बिल्कुल जगह नहीं है। लेकिन मुंबई लोकल ट्रेन की एक खास बात होती है, वो यह कि इसमें आपको चढ़ने और उतरने में कोई मशक्कत नहीं करनी पड़ती भले ही ट्रेन में कितनी ही भीड़ क्यों ना हो। क्योंकि भीड़ ही आपको अपने आप अंदर धकेल देती है और आपका गंतव्य स्थान आने पर भीड़ आपको अपने आप ही आप बाहर भी निकाल देती है।

इसी खचाखच भरी ट्रेन में यतेंद्र कुमार भी कहीं जा रहा है। यह 50 साल का मिडल एज व्यक्ति ट्रेन की भीड़ में अंदर खड़ा हुआ अपने एक हाथ से ट्रेन के गेट को पकड़े हुए है और दूसरे हाथ में मोबाइल पर कुछ देखते हुए मुस्कुरा रहा है। तभी उसके फोन की घंटी बजती है। यतेंद्र फोन उठाता है और बोलता है:-

''हैलो, जी मामाजी कैसे हैं? मैं आप ही के पास आ रहा हूं, बस आधा घंटे में पहुंच जाऊंगा।'

यतेंद्र अपने मुंह बोले मामा यानी मास्टरजी के पास मुंबई के मुलुंड इलाके में ही जा रहा है। ये दोनों एक दूसरे के खास मामा भांजे नहीं हैं बल्कि एक दूसरे को किसी तीसरे की वजह से जानते हैं और वह कोई तीसरा भी मास्टरजी को मामाजी ही कहता है, इसलिए यतेंद्र भी उन्हें मामाजी ही कहता है।

लगभग आधा-पौने घंटे बाद यतेंद्र मास्टरजी के घर पहुंचता है। मास्टरजी के यहां पहले से ही कई लोग बैठे हैं। मिश्रा जी, अरोड़ा जी और एक महिला इस प्रकार कुल मिलाकर आठ दस लोग उनके घर पर उपस्थित हैं।

यतेंद्र घर में प्रवेश करता है। सभी यतेंद्र का इंतजार कर रहे हैं। यतेंद्र मास्टरजी को देखते ही उनके पैर छूता है और सभी से नमस्कार करता है। उसके बाद यतेंद्र सभी के हाथ में एक विवरण पत्रिका थमाता है। सभी उसे देखकर पढ़ने लगते हैं। उसके बाद यतेंद्र उन सभी से कहता है:-

"देखिए मैं आपके सामने सभी चीजें एकदम साफ-साफ कर देना चाहता हूं। मैं इस बैंक का एक खाताधारक हूं और पिछले कई वर्षों से इस बैंक से जुड़ा हुआ हूं। कुछ समय पहले ही मुझे मेरे बैंक के मैनेजर ने एक एजेंट के तौर पर एक नई जिम्मेदारी सौंपी है, जिसमें बैंक के विकास में वृद्धि के लिए मुझे अधिक-से-अधिक खाताधारकों को बैंक से जोड़ना होगा।"

इसी दौरान मुझे मामाजी ने बताया कि वे अपना पैसा किसी अच्छी और सुरक्षित जगह पर रखना चाहते हैं जहां उन्हें उनकी जमा पर ब्याज भी अच्छा मिले। तब उन्होंने मुझसे पंजाब एंड महाराष्ट्र सहकारी बैंक के बारे में पूछा, तो मैं यहां चला आया और आज हमारी यह मुलाकात इसी उद्देश्य से हुई है।" यतेंद्र आगे कहता है:-

"देखिए आप बिल्कुल भी चिंता मत कीजिए, यह बैंक एक सहकारी बैंक है। और सहकारी बैंक का काम ही यह होता है कि वह स्वयं कम लाभ प्राप्त करे एवं अपने उपभोक्ताओं को अधिक सेवा प्रदान करे। और इसी उद्देश्य से काम करने वाले इस बैंक में यदि आप अपना पैसा जमा करते हैं तो यह आपके लिए बहुत ही फायदेमंद होगा और यहां आपको अन्य बैंकों की तुलना में ब्याज भी अधिक मिलेगा। आप इस बैंक में किसी भी तरह का खाता खुलवा सकते हैं। बचत खाता, चालू खाता या सावधि जमा खाता जैसा भी खाता आप चाहें और यह

बैंक हर प्रकार से अन्य वाणिज्यिक बैंकों की ही तरह अपडेटेड एवं ऑनलाइन है एवं आप सभी सुविधाओं का फायदा उठा सकते हैं और इसके ए.टी.एम. हमारे शहर में सभी जगह उपलब्ध है। बाकि मामाजी स्वयं ही वाणिज्य के अध्यापक रहे हैं वे आपकी आशंकाओं को मिटा ही देंगे, क्यों मामाजी?''

सभी हंसने लगते हैं और इस प्रकार यतेंद्र सभी को अपनी हाजिरजवाबी एवं वाकपटूता से उत्तर देकर यकीन दिला देता है कि पंजाब एंड महाराष्ट्र सहकारी बैंक एक विश्वसनीय एवं सुरक्षित बैंक है। यतेंद्र के कहे अनुसार सभी पंजाब एंड महाराष्ट्र को-ऑपरेटिव बैंक में अपना खाता खुलवाने को तैयार हो जाते हैं और हो भी क्यों ना जब एक अग्रणी सहकारी बैंक आपको अन्य बैंकों की तुलना में अच्छी सुविधाएं दे रहा है तो। अंत में यतेंद्र वहां से विदा लेता है।

4

बैंक दृश्य

इतना कुछ बताने के लिए हो और मास्टरजी चुप रहें, ऐसा भला हो सकता है? मास्टरजी उस विवरण पुस्तिका को खोलते हैं और उसे पढ़कर सभी को बैंक की जानकारी देने लगते हैं।

दरअसल यतेंद्र ने बैंक के बारे में जो भी समझाया वह सत्य ही था। पंजाब एंड महाराष्ट्र को-ऑपरेटिव बैंक (पी. एम. सी.) एक बहुराज्यीय अनुसूचित शहरी सहकारी बैंक है और वर्तमान में इसकी शाखाएं महाराष्ट्र, दिल्ली, कर्नाटक, गोवा, गुजरात, आंध्र प्रदेश और मध्य प्रदेश में हैं। इस बैंक की स्थापना 13 फरवरी 1984 को आज से लगभग पैंतीस वर्ष पहले हुई। और इसके बाद धीरे-धीरे यह बैंक देश के प्रमुख सहकारी बैंकों मे आ गया। पिछले 35 वर्षों के कार्यकाल में इसकी शाखाओं की संख्या वर्तमान में 137 तक पहुँच गयी है और सबसे ज्यादा शाखाएं महाराष्ट्र में है। अगर पी. एम. सी. बैंक के कर्मचारियों की संख्या की बात करें तो बैंक में कुल 1814 कर्मचारी कार्यरत हैं और यह बैंक देश के शीर्ष 10 सहकारी बैंकों में गिना जाता है।

अपनी स्थापना के समय पीएमसी एक सहकारी बैंक था लेकिन सन् 2000 में इसे भारतीय रिजर्व बैंक द्वारा अनुसूचित वाणिज्यिक बैंक का दर्जा भी दे दिया गया। यह बैंक अनुसूचित बैंक का दर्जा हासिल करने वाला देश का सबसे युवा बैंक है। इसके साथ ही वर्ष 2004 में इसे सेंट्रल रजिस्ट्रार द्वारा बहुराज्यीय बैंक का दर्जा भी मिल गया और इसके बाद से बैंक ने महाराष्ट्र के अलावा अन्य दूसरे राज्यों में भी अपनी शाखाएं खोलना शुरू किया।

इसके अलावा इस बैंक ने अनेकों पुरस्कार भी प्राप्त किए हैं।

बैंक को वर्ष 1999 में अपने 'वर्क एथिक्स ओरिएंटेड टू डिपॉजिट्र्स' के लिए बैंक जमाकर्ताओं के एक प्रतिष्ठित संस्थान 'ऑल इंडिया बैंक डिपाजिटर्स एसोसिएशन, मुंबई', द्वारा सम्मानित किया गया।

बैंक को लगातार 9 वर्षों तक महाराष्ट्र राज्य सहकारी बैंक एसोसिएशन द्वारा 'उत्कृष्ट शहरी सहकारी बैंक का पुरस्कार प्रदान किया गया।

वर्ष 2012 में सहकारी बैंकिंग क्षेत्र में न्यूनतम विवाद अनुपात और साथ ही न्यूनतम गैर-अनुसूचित रुकावट के लिए बैंक ने एन पी सी आई से 'विशेष जूरी अवार्ड' प्राप्त किया।

इस बैंक की स्थापना का मुख्य उद्देश्य कृषि एवं ग्रामीण क्षेत्र के विकास के लिए अधिक साख-सुविधाएं उपलब्ध कराना था।

इतना सब कुछ सुनने के बाद भला कौन नहीं चाहेगा कि वह अपना धन इस बैंक में न डालें। यह सुरक्षित है, फायदेमंद है, नई तकनीक से विकसित है और अन्य बैंकों की तुलना में अच्छी ब्याज दर है। इसलिए मास्टरजी और उनके सभी साथी बैंक में अपना खाता खुलवाने का मन बना लेते हैं।

5

मुख्य समाचार

कुछ समय गुजर चुका है। अगले महीने दिवाली है। मास्टरजी एवं उनके साथियों ने बैंक में अच्छी खासी रकम जमा करा रखी है। फिलहाल कुछ समय से उनकी मुलाकात यतेंद्र से भी नहीं हुई है, लेकिन कभी-कभार फोन पर बात हो जाती है। एक आम आदमी की तरह उनकी जिंदगी ठीक-ठाक चल रही है।

सुबह का वक्त है इस समय मास्टरजी बाजार से दूध और ब्रेड लेकर आ रहे हैं तभी एक अखबार बेचने वाला लड़का हाथ में एक अखबार दिखाकर जोर-जोर से बोल रहा है।

आज के मुख्य समाचार, आज के मुख्य समाचार, पीएमसी बैंक मे घोटाला, पीएमसी बैंक मे घोटाला।

यह खबर सुनते ही मास्टरजी के होश उड़ जाते हैं और वे तेजी से उस लड़के के हाथ से अखबार छीनते हैं और अखबार की हेडलाइन पढ़ते हैं। जैसे-तैसे संभलते हुए मास्टरजी अपने घर पहुंचते हैं और घर पहुंचते ही उनकी पत्नी उनसे पूछती है:-

''क्या हुआ आपके इतने पसीने क्यों छूट रहे हैं, आपकी तबियत तो ठीक है ना?''

मास्टरजी की हालत कुछ ठीक नहीं है। तभी उनके बेटे और बहू भी वहां आ जाते हैं और मास्टरजी को संभालने की कोशिश करते हैं लेकिन मास्टरजी बिल्कुल उदास गुमसुम बैठे हुए हैं। आखिरकार अधिक पूछने पर मास्टरजी उस अखबार को अपने बेटे को देते हैं। अखबार

देखते ही बेटा भी सहम जाता है और पूरे घर वालों को यह पता लग चुका है कि उनके बैंक में घोटाला हो गया है और सभी के पैसे डूब सकते हैं। बेटा टीवी को चालू करता है।

हर चैनल पर बस यही समाचार है कि पीएमसी बैंक यानी पंजाब एंड महाराष्ट्र सहकारी बैंक डूब चुका है और बैंक को लगभग चार हजार करोड़ रुपए से ज्यादा का नुकसान हुआ है। मास्टरजी के घर कोहराम मच गया। उनके बेटे-बहू, पत्नी सभी एक जगह इकट्ठा हो गए हैं और लगातार टीवी पर नजर बनाए हुए हैं। क्योंकि अब असली प्रश्न तो यह है कि उनका जमा दिया हुआ पैसा उन्हें दोबारा मिलेगा भी या नहीं?

मास्टरजी अपने आप को संभाल भी नहीं पाए थे कि उनके मोबाइल की घंटियां बजनी शुरू हो गईं। सभी जगह से फोन आने लगे। उन सभी लोगों के फोन आए जिन्होंने यतेंद्र के कहने पर मास्टरजी के साथ अपना खाता इस बैंक में खोला। इसके अलावा उन लोगों के भी फोन आए जो यह जानते थे कि मास्टरजी का खाता इस बैंक में था। घर में तो कोहराम था ही लेकिन कुछ ही देर में सभी मोहल्लेवासी जिनका इस बैंक में खाता था, घरों से बाहर निकल आते हैं और अब मोहल्ले में भी कोहराम मच गया।

मुंबई के मुलुंड इलाके से ही लगभग इस बैंक में पंद्रह हजार खाताधारक थे। इसके अलावा पूरे देश में अलग-अलग प्रांतों में कुल मिलाकर पचास हजार से अधिक खाताधारक इस बैंक से जुड़े हुए थे।

मास्टरजी टीवी देख देख देखकर परेशान हो रहे हैं और सभी न्यूज चैनलों पर यही मुख्य समाचार है। मास्टरजी के साथ मिलकर जिन-जिन भी लोगों ने अपने खाते बैंक में खुलवाए थे वे सभी मास्टरजी के घर आ चुके हैं। सभी बहुत दुःखी हैं क्योंकि किसी ने अपनी पेंशन से बचाए हुए पैसे जमा कराए थे तो किसी ने अपने बच्चे की पढ़ाई के लिए, किसी ने फिक्स्ड डिपॉजिट करवाया था तो किसी ने अपना घर बनाने के लिए और किसी ने अपनी बेटी की शादी के लिए धन जमा

किया था। कुल मिलाकर यह कहा जा सकता है की बैंक में पैसे जमा कराने वाले लोग मध्यमवर्गीय परिवार या इससे भी नीचे तबके के थे। ऐसे में इन परिवारों के ऊपर क्या बीत रही है, यह कोई कल्पना भी नहीं कर सकता।

आखिरकार मास्टरजी और सभी लोगों ने अपनी बैंक शाखा में जाने का निर्णय लिया क्योंकि अभी तक उन्हें पूर्ण रूप से है समझ नहीं आ रहा था कि क्या वे अपने पैसे निकाल भी पाएंगे या नहीं। क्योंकि आरबीआई ने अधिसूचना जारी की और बैंक के कार्य को 6 महीने के लिए बंद कर दिया और धन निकासी सीमा छः महीनों के लिए मात्र 1000 तक कर दी।

सभी अपने बैंक के बाहर पहुंचते हैं। बैंक के बाहर हजारों लोगों की भीड़ जमा है। कोई पोस्टर लेकर खड़ा है तो कोई बैंक के विरोध में नारे लाग रहा है। यहां मीडिया भी खड़ी हैं और लोगों से उनकी परेशानी जानने की कोशिश कर रही है। लेकिन बैंक पर ताला है और उसके कर्मचारी अंदर हैं। पुलिस द्वारा किसी भी व्यक्ति को बैंक के अंदर प्रवेश नहीं दिया जा रहा और ना ही लोगों के सवालों का कोई जवाब दिया जा रहा है। ऐसा हमेशा होता आया है, जब कभी भी इस तरह के घोटाले हुए हैं तो लोग सड़कों पर उतर जाते हैं लेकिन उन पर किसी का ध्यान नहीं जाता। यहां मास्टरजी अपने उन लोगों के साथ परेशान खड़े-खड़े सिर्फ यही जानने की कोशिश कर रहे हैं कि क्या अब उनका पैसा उन्हें मिलेगा?

आंखों में आंसू लिए बैंक के सामने खड़े लोग चीख-चीख कर प्रशासन से यही सवाल कर रहे हैं कि आखिर उनकी गलती क्या है? ऐसे बैंकों को खोलने की अनुमति ही क्यों दी जाती है? और अगर ऐसे बैंक हमारे देश में हैं तो क्यों नहीं उन पर शुरू में ही कार्रवाई की जाती, ताकि ऐसे बड़े घोटलों को रोका जा सके।

मास्टरजी के साथ आए हुए लोगों ने मास्टरजी से यतींद्र के बारे में जानकारी ली। अरोड़ा जी ने पूछाः-

"अरे वह यतींद्र कहां है? उसने हमें यह गारंटी दी थी कि हमारा पैसा बिल्कुल सुरक्षित रहेगा और वह उस बैंक में एजेंट भी था शायद वह हमें ज्यादा अच्छे से जानकारी दे पाएं।"

मास्टरजी ने अपना वक्त गंवाए बिना यतेंद्र को फोन किया। लेकिन उसका फोन बंद था। यह सुनकर सभी और अधिक चिंतित हो गए। सभी को लगा कि शायद यतेंद्र यह बात जानता होगा और अब वह फोन नहीं उठा रहा है। सभी ने मास्टरजी को भी इसके लिए दोषी ठहराया क्योंकि मास्टरजी ने ही सभी को यतेंद्र से मिलवाया था और इस बैंक में खाता खोलने की जिद की थी। ऐसे में मास्टरजी और अधिक चिंतित और परेशान हो गए और उन्होंने जवाब दिया:-

"क्या आप लोग मुझ पर भी शक कर रहे हैं? मेरा खुद का खाता उस बैंक में था और शायद आप लोगों से कहीं ज्यादा पैसे मैंने इसमें जमा किए थे। उफ्फ! यतेंद्र पर मैं भरोसा करता था लेकिन उसने शायद हमें बेवकूफ बनाया है। तुग चिंता मत करो हम सभी मिलकर उसे पकड़ेंगे जरूर। मैं जानता हूं वह हमारे पैसे तो नहीं लौटा पाएगा लेकिन हम उसे ऐसे भी नहीं छोड़ सकते।"

यह हमेशा ही हमारे देश की समस्या रही है कि किसी को किसी से कोई मतलब नहीं होता। सभी अपनी जेब भरने की कोशिश में लगे रहते हैं। पंजाब एंड महाराष्ट्र को-ऑपरेटिव बैंक में हुए इस घोटाले ने यह साफ दर्शा दिया। क्योंकि बैंक में काम करने वाले भी मध्यमवर्गीय परिवार के ही लोग थे। और ऐसा नहीं हो सकता कि उन्हें इस बात का पता न हो कि बैंक नुकसान में चल रहा है। लेकिन अधिक पैसा कमाने के चक्कर में कोई भी व्यक्ति लालची हो जाता है और ऐसे कामों को अंजाम देता है। ऊपर से आरबीआई और सरकार की लापरवाही इस तरह के भ्रष्टाचार के फैलने में सहायता प्रदान करती है।

6

कारण यात्रा

हमेशा से ही हम देश में बैंक से जुड़े घोटालों के बारे में सुनते आए हैं और पिछले कुछ समय से अब सहकारी बैंकों के घोटालों के बारे में भी नए-नए खुलासे सामने आते जा रहे हैं। दरअसल, बैंक कर्मचारियों द्वारा रुपयों का गलत तरीके से लेनदेन करने और आपस में की हुई मिलीभगत के कारण इस तरह के फर्जीवाडों और घोटालों को अंजाम दिया जाता है। और ऐसा इसलिए संभव होता है क्योंकि कुछ कंपनियां अपने हित के लिए इस तरह की गलत गतिविधियों में लिप्त हो जाती हैं। इस काम में आरबीआई और सरकार की ढिलाई भी आग में घी डालने का काम करती है।

मास्टरजी और उनके साथी जिन्होंने यतेंद्र के कहने पर बैंक में खाता खुलवाया और अपने पैसे डाले, अपने पैसे डूबने के कारण हताश और गुस्से में थे। लेकिन गुस्सा उतारें भी तो किस पर उतारें क्योंकि कोई सुनने वाला है ही नहीं। बैंक के बाहर सिर्फ भीड़ जमा है, कुछ मीडिया वाले हैं और कुछ पुलिस वाले। सभी के पास सवाल हैं लेकिन जवाब किसी के पास नहीं। घर बैठे-बैठे कुछ हो नहीं सकता। ऐसे में कौन उन्हें तसल्ली दे और उनके प्रश्नों का उत्तर दे, कोई नहीं। ऐसे में मास्टरजी अपने साथियों के साथ यतेंद्र को ढूंढने निकल पड़े। जिसने गारंटी के साथ यह कहा था कि आपका पैसा इस बैंक में बिल्कुल सुरक्षित रहेगा। सब यही सोच रहे थे कि यतेंद्र ने एक फर्जी बैंक में

उनका खाता खुलवाया और खुद अपना कमीशन बना कर भाग गया।

रात का समय है और सभी बस में सवार हैं। अभी तक यतेंद्र का फोन बंद है। ना जाने मास्टरजी ने कितनी ही बार फोन में यतेंद्र के नाम पर कॉल का बटन दबाया होगा। अपने जीवन भर में इतनी मेहनत से कमाए हुए रुपए को इस तरह खोते हुए कोई नहीं देख सकता। यतेंद्र से मिल भी लिए तो क्या मिलेगा, लेकिन हां इंसान चुप भी तो नहीं बैठ सकता कुछ ना कुछ कदम तो उठाने ही पड़ेंगे। जिस व्यक्ति ने इस जाल में फंसाया, हो सकता है उस ही से इस जाल को काटने का कुछ तरीका ही मालूम हो जाए। बस यही कुछ चीजें मास्टरजी के दिमाग में चल रही थीं और उन्हें झपकी आ गयी। लेकिन तभी अचानक उनकी नींद उड़ गई जब बस में चल रहे रेडियो में पी.एम.सी. बैंक घोटाले की खबर आने लगी।

रेडियो एंकर ने खबर पढ़ी "पंजाब एंड महाराष्ट्र को-ऑपरेटिव बैंक में हुआ बड़ा घोटाला। बैंक को पिछले 10 वर्षों में यानी लगभग 2008 के बाद से 4000 करोड़ रुपए से भी ज्यादा का नुकसान हो चुका है और अब आर.बी.आई. ने निर्देश देते हुए बैंक के कामकाज पर 6 महीनों तक प्रतिबंध लगा दिया है।''

मास्टरजी समेत सभी लोग कान लगाए खबर को सुन रहे थे।

दरअसल घोटाले का प्रमुख कारण यह रहा, बैंक ने एचडीआईएल कंपनी को अपने कुल दिए हुए ऋण 8,880 करोड़ रुपये में से 6,500 करोड़ रुपये का ऋण दे दिया था और यह उसके कुल ऋण का करीब 73 प्रतिशत है। यानी 73 प्रतिशत कर्ज का पैसा सिर्फ एक ही कंपनी के पास था। बैंक को यह जानकारी होते हुए भी कि एच. डी. आई. एल. कंपनी की वित्तीय स्थिति ठीक नहीं है, ऋण दिया गया।

खास बात यह है कि बैंक ने यह लेनदेन रिजर्व बैंक से भी छुपाया और काफी समय बाद बैलेंस शीट देखने पर रिजर्व बैंक को इस फर्जीवाड़े का पता चला और उसने कार्यवाही की।

यह पूरा ऋण पिछले दो-तीन साल से गैर-निष्पादित परिसंपत्ति बना

हुआ है। एचडीआईएल और उसकी सहायक कंपनियों ने बड़ी चालाकी से कर्ज की राशि को छुपाने के लिए 44 ऋण खाते खोले थे और इन्हीं में यह ऋण की राशि ट्रान्सफर की गयी थी। कुल मिलाकर अगर बैंक घोटाले की कुल राशि की बात की जाए तो यह 4000 करोड़ रुपए से अधिक यानी लगभग 4,355 करोड़ रुपये बतायी जा रही है। प्रवर्तन निदेशालय यानी 'ईडी' ने इस घोटाले के बाद कई जगह छापे मारे जिनमें मुंबई और उसके समीपवर्ती इलाके प्रमुख हैं। प्रवर्तन निदेशालय ने इसमें मनी लॉन्ड्रिंग का भी एक मामला दर्ज किया है और यह मामला मुंबई पुलिस की आर्थिक अपराध शाखा की ओर से दर्ज की गई एक प्राथमिकता पर आधारित है। प्रवर्तन निदेशालय ने कई महत्वपूर्ण सबूत बरामद किए और घोटाले की जानकारी के लिए छापे मारे और यह पूरा मामला पूर्व बैंक प्रबंधन एवं एचडीआईएल के आपस में होने वाले पैसों के लेनदेन अंतर्गत है।

घोटाले की पुलिस जांच में पाया गया कि इस बैंक में 21049 फर्जी खाते खोले गए और उनमें से अधिकतर खाते या तो मृत लोगों के थे या फिर उन लोगों के थे जिन्होने इस बैंक में अपने खाते बंद करवा दिए थे।

इस बैंक घोटाले का पता तब चला जब इसी बैंक की महिला कर्मचारियों के एक समूह ने आर. बी. आई. को यहां के फर्जी खातों की जानकारी दी। इसके अलावा एचडीआईएल समय पर ऋण का भुगतान नहीं कर पाया जिससे बैंक का एन.पी.ए. 70% तक पहुँच गया और खाता धारकों को उनका जमा किया हुआ पैसा वापस मिलने में समस्या होने लगी।

एचडीआईएल कंपनी की आर्थिक स्थिति इतनी खराब हो गयी थी कि उसने पिछले 3 साल से बैंक से लिए गए ऋण की किश्तें देना भी बंद कर दिया था। और सबसे खास बात तो यह है कि एचडीआईएल कंपनी की नेट वर्थ यानी कुल मूल्यता बारह सौ करोड़ रुपए है और इसे पीएमसी बैंक को पच्चीस सौ करोड़ चुकाने थे। इससे यह मालूम चलता है कि इस घोटाले में फर्जीवाड़े का स्तर कितना ऊपर तक था।

बैंक से पैसा ना मिलने की खबर आग की तरह ग्राहकों में फैल गई और ग्राहक अपनी जमा किए गए धन को वापस लेने के लिए पीएमसी बैंक पहुंच गए, लेकिन आर बी आई के निर्देशानुसार बैंक ने उन्हें अपने जमा किए गए पैसे देने से इंकार कर दिया और बैंक द्वारा धन निकासी की सीमा निर्धारित कर दी गई है।

आरबीआई ने इस बैंक पर कई तरह के प्रतिबंध लगा दिए हैं और बैंक में होने वाले कामकाज पर नजर बनाए रखने के लिए समीक्षक भी नियुक्त कर दिए हैं। इसके अलावा मुंबई प्रवर्तन निदेशालय यानी ई.डी भी इसकी जांच में जुट चुका है।

बैंक की कार्यप्रणाली में अनियमितताएं और रीयल एस्टेट कंपनी एचडीआईएल को दिए गए ऋण के बारे में सही जानकारी नहीं देने को लेकर बैंक पर पाबंदी लगाई गई है।

आखिरकार रेडियो पर घोटाले की पूर्ण जानकारी मिलने के बाद मास्टरजी एवं उनके सभी साथियों को यह खेल समझ आ गया। अब तो यतेंद्र पर उनका शक सही होता दिखाई दे रहा था जैसा कि रेडियो पर यह बताया गया था कि यह सब वहीं के कर्मचारियों की मिलीभगत का ही नतीजा था।

7

छानबीन एवं परिचर्चा

भारत में ऐसा पहली बार नहीं हुआ है जब कोई बैंक दिवालिया घोषित हो जाता है या किसी बड़े घोटाले की वजह से उसे इतना नुकसान उठाना पड़ता है कि वह ग्राहकों के पैसे ही ना लौटा पाए। ऐसे हमेशा हुआ है जब भ्रष्ट लोग बैंकों में फर्जीवाड़ा कर वहां से भाग खड़े होते हैं और इसका खामियाजा भुगतना पड़ता है उस गरीब आम आदमी को जो रोजाना दिनभर मेहनत कर शाम की रोटी का इंतजाम करने में लगा रहता है।

पंजाब एंड महाराष्ट्र को-ऑपरेटिव बैंक के इस घोटाले का प्रभाव उससे भी कहीं बढ़कर ही है। सड़कों पर जमा लोगों की आंखों से पानी की बूंदें रुक नहीं रही थी लोग चीख-चीख कर अपने जिंदगी भर की मेहनत से कमाए हुए पैसे को मिलने की आस लगाए बैठे थे कि उसे वह मिल भी पाएगा या नहीं। एक व्यक्ति कुछ लाख रुपए कमाने में अपनी पूरी जिंदगी गुजार देता है। ऐसे में एक बैंक पर भरोसा कर जिस व्यक्ति ने अपनी सारी बचत पूंजी उस बैंक में रख रखी हो और जो इस चौन की नींद के साथ सो रहा हो कि आने वाले भविष्य में यह पैसा उसके बच्चों के काम आएगा और तब अचानक उसे यह पता चले कि उसका वह पैसा उसका है ही नहीं या उसे मिल भी पाएगा या नहीं, तो सोच सकते हैं कि उस व्यक्ति के ऊपर क्या गुजरने वाला होगा। जीते जी मरने वाली ऐसी स्थिति का प्रभाव इस बैंक के घोटाले से देखने से मिला है।

सभी लोग चीख-चीख कर सड़कों पर यही चिल्ला रहे थे कि आखिर उन्हें उनका पैसा मिलेगा कैसे? ऊपर से आरबीआई द्वारा जारी निर्देशानुसार अगर वे अपना ही पैसा ना निकाल पाए तो इससे बड़ा हक छिनने का उदाहरण क्या हो सकता है?

अब तक 10 मौतों के मामले सामने आ चुके थे। सुबह हो चुकी थी। अरोड़ा जी ने मास्टरजी को उठायाः-

"अरे उठिए मास्टरजी! रामपुर भी आ गया।"

कल रात बस में चढ़ने से पहले यतेंद्र के मुंबई में रहने वाले एक पड़ोसी ने इन सभी को यतेंद्र के गांव का पता दिया था जिसका नाम रामपुर है। सभी ने ज्यादा समय न गंवाए, रात वाली ही बस पकड़ ली और आज सुबह तक रामपुर पहुंच गए। बिना कुछ खाए, बिना कुछ पिए, बस इसी आस में कि कुछ तो हल निकलेगा सभी रामपुर भी आ पहुंचे।

आखिर जवाबदेही मास्टरजी की भी बनती है क्योंकि मास्टरजी ने ही सभी लोगों को यतेंद्र कुमार से मिलाकर बैंक में खाता खोलने की बात कही थी। क्योंकि मास्टरजी एक अच्छी छवि वाले इंसान हैं तो लोगों ने उनकी बात मान ली। लेकिन मास्टरजी को क्या पता था कि यह मुंह बोला भांजा उनके लिए एक भारी मुसीबत बनकर आया है। खैर, मास्टरजी और उनके साथी, गांव में यतेंद्र के घर को ढूंढने लगे। रास्ते में एक व्यक्ति से मास्टरजी ने पूछाः-

"भाई साहब जरा आप बताएंगे कि यहां पर यतेंद्र कुमार नामक व्यक्ति का घर कहां है?"

"जी आप यहां से थोड़ा आगे जाकर दाएं मुड़ जाइए, बस वही उसका घर है।" उस व्यक्ति ने उत्तर दिया।

तब मास्टरजी ने पूछा, "क्या वह घर पर है?" तो उस व्यक्ति ने उत्तर दिया, "साहब पता नहीं लेकिन काफी दिनों से वह दिखा नहीं।"

ऐसा कहकर वह आदमी तो चला गया लेकिन उसके इस जवाब से इन सभी लोगों की रही-सही उम्मीद भी चली गई। लेकिन अब

यहां तक आए हैं तो उन्हें घर तो जाना ही था, तो सभी उसके घर की ओर चल दिए।

सभी यतेंद्र के घर पहुंचे और यहां आकर उन्होंने देखा की गेट पर ताला लगा है। यतेंद्र का घर गांवो में होने वाले खुले बड़े घर जैसा ही था। बाहर की तरफ काफी बड़ा चौबारा था जहां दो तीन चार पाई रखी हुई थी। जबकि कमरों में जाने के लिए एक मेन गेट था जहां पर ताला लगा था। पूरी रात का सफर करके और इधर-उधर दर-दर भटकते मास्टरजी एवं उनके साथी बहुत ज्यादा थक गए थे। और यतेंद्र भी उन्हे यहां नहीं मिला तो सभी ने सोचा क्यों ना उसके घर पर ही बाहर लगी चारपाई पर बैठकर थोड़ी देर आराम किया जाए। और यही सोचकर सभी बैठकर आराम करने लगे।

बैठे-बैठे सभी के बीच आपस में एक चर्चा छिड़ गई कि आखिर यहां गलती किसकी है? और यह एचडीआईएल है क्या? जिसे बैंक ने इतना सारा ऋण दे दिया। इसी जानकारी को सभी अपने मोबाइल में ढूंढने लगे। तब मिश्रा जी ने मोबाइल से पूरी जानकारी लेकर सभी को समझाया।

मिश्रा जी बोले, ''यहां अगर देखा जाए तो इस घोटाले की शुरुआत एचडीआईएल कंपनी से ही शुरू हुई। दरअसल एचडीआईएल कंपनी और बैंक का बहुत ही पुराना नाता रहा है और बैंक के डूबने का प्रमुख कारण एचडीआईएल को अधिक ऋण प्रदान करना ही रहा है।''

''लेकिन यह एचडीआईएल है क्या'' मास्टरजी ने पूछा।

मिश्रा जी ने बताया एचडीआईएल यानी हाउसिंग डेवलपमेंट एंड इंफास्ट्रक्चर लिमिटेड और इसका गठन 1996 में हुआ था और यह कंपनी रियल एस्टेट कारोबार से जुड़ी हुई कंपनी है। इस कंपनी का अधिकतर कार्य मुंबई और उसके आसपास के इलाकों में ही होता है। यह कंपनी कच्ची एवं गंदी बस्तियों के क्षेत्रों में जमीन खरीदती है और निर्माण कर उसे दूसरों को बेच देती है।

और जानते हैं एक समय एचडीआईएल मार्केट वैल्यू के हिसाब

से देश की तीसरी सबसे बड़ी रियल एस्टेट कंपनी थी। लेकिन वित्तीय अनियमितताओं, फर्जीवाड़े और भारी मात्रा में ऋण लेने की वजह से यह कंपनी डूबने लगी जिसकी वजह से पी.एम.सी. बैंक बर्बाद हो गया।

इसकी शुरुआत 1986 में हुई जब पी.एम.सी. बैंक की आर्थिक हालत खराब हो गई और गैरकानूनी कामों की वजह से बैंक पर बंद होने का खतरा मंडराने लगा था। लेकिन उस समय डूबते हुए इस बैंक को एचडीआईएल के संस्थापक राजेश वधावन ने कुछ पैसा लगाकर डूबने से बचाया था।

"ये राजेश वधावन कौन हैं?" अरोड़ा जी ने पूछा।

मिश्रा जी ने बताया राजेश वधावन एचडीआईएल के मौजूदा डायरेक्टर हैं और राकेश कुमार वधावन के भाई हैं। इसके अलावा साल 1986-87 में भी पी.एम.सी. बैंक को आर्थिक तंगी का सामना करना पड़ा था उस वक्त भी वधावन परिवार ने ही एक बार फिर बैंक की मदद की और लगभग तेरह लाख रुपए बैंक को दिए।

उसके बाद वधावन परिवार ने 90 के दशक में पीएमसी बैंक से लोन लेना शुरू कर दिया। साल 2004 में जब यह बैंक दोबारा धन की कमी से जूझ रहा था उस वक्त भी राजेश कुमार वधावन ने ही पीएमसी बैंक में 100 करोड़ रुपए जमा किए थे और इसको तंगी से उभारा और जब से वधावन बंधुओं ने पीएमसी बैंक से लेनदेन शुरू किया तब से 60 फीसदी लेनदेन सिर्फ वधावन परिवार के साथ ही होता आया है।

लेकिन 2013 में जब में एचडीआईएल का एक प्रोजेक्ट बंद हो गया तो उस समय कंपनी को काफी नुकसान हुआ और कंपनी धन की कमी से जूझने लगी और पहले से ही बैंक से ऋण ले रही इस कंपनी ने बैंक से और अधिक ऋण लेना शुरू कर दिया। जबकि बैंक को यह पता था कि कंपनी यह ऋण नहीं चुका पाएगी फिर भी उसे ऋण दिया। इस तरह यह बैंक सिर्फ वाधवन परिवार का ही होकर रह गया।

और इससे हम यह समझ सकते हैं कि एचडीआईएल जैसी कंपनी के कारण पंजाब एंड महाराष्ट्र को ऑपरेटिव बैंक में इतना बड़ा घोटाला

हुआ। सिर्फ कुछ चंद लोगों की वजह से लाखों लोगों की जिंदगी के साथ खिलवाड़ हुआ है और होता आया है।

तभी उनके साथ आई महिला ने पूछा, "लेकिन इन घोटालों पर किसी की तो जवाबदेही बनती ही होगी। जैसा कि हमने सुना है कि ये सहकारी बैंक आरबीआई द्वारा नियंत्रित होते हैं। मास्टरजी आप तो वाणिज्य के अध्यापक रहे हैं आपको तो सहकारी बैंकों के सामने आने वाली चुनौतियों के बारे में पता ही होगा कि आखिर क्यों इनकी साख कमजोर हो जाती हैं? क्या आपको इसका जरा भी अंदाजा नहीं था कि यह बैंक इस तरह का घोटाला कर देगी?"

तब मास्टरजी बोले, "हां यह बात सत्य है कि मुझे इस बारे में बिल्कुल भी जानकारी नहीं थी, जबकि मैंने स्वयं सहकारी बैंको का इतिहास पढ़ा है। कुछ समितियों की रिपोर्ट यह दर्शाती है कि सहकारी बैंक अपने लंबे इतिहास के बावजूद भी अभी तक देश में लोगों का विश्वास जीतने में असफल रही है और यही कारण है कि अधिकतर लोगों द्वारा लिये जाने वाले ऋण का कुछ ही हिस्सा सहकारी बैंकों से लिया जाता है। इसके अलावा अब तक किसानों एवं ग्रामीणों की जरूरतों को पूरा करने में भी सहकारी बैंक असफल ही रहे हैं। सभी स्तरों पर बैंक के लिए अतिदेय एक बड़ी समस्या के रूप में सामने आई है। आँकड़े दर्शाते हैं कि ग्रामीण क्षेत्रों में सहकारिता की सदस्यता मात्र 45 प्रतिशत तक ही है, जिसका अर्थ यह है कि ग्रामीण क्षेत्रों के 55 प्रतिशत लोग अभी तक सहकारिता से पूर्ण रूप से जुड़ ही नहीं पाए हैं। और बैंकिंग आयोग ने इसके लिये कई कारणों को जिम्मेदार बताया है जिनमें ऋण लेने के लिए निश्चित सुरक्षा प्रदान करने में लोगों की अक्षमता, भूमि अभिलेख का कुप्रबंधन, निर्धारित जमा राशि सीमा की अपर्याप्तता एवं ऋण चुकाने में ग्राहकों की अयोग्यता प्रमुख हैं।

कई अध्ययनों में यह सामने आया है कि देश के कई सहकारी बैंक निष्क्रिय हो चुके हैं और कुछ तो सिर्फ कागजों और फाइलों में ही सीमित रह गए हैं। अधिकतर सहकारी बैंक अच्छे प्रबंधन की कमी

का भी सामना कर रहे हैं। एक अन्य महत्त्वपूर्ण समस्या सहकारी बैंकों पर नियंत्रण के कारण उत्पन्न होती है, क्योंकि इनका नियमन तो आर बी आई द्वारा किया जाता है परंतु इसका नियंत्रण राज्य सरकार द्वारा किया जाता है।

सहकारी बैंकिंग प्रणाली में समष्टिगत नियंत्रण की कमी एक बहुत ही महत्त्वपूर्ण विषय है, जिसे जल्द-से-जल्द निपटाना अत्यंत आवश्यक है। सहकारी बैंकिंग प्रणाली में ऑडिटर को और अधिक जिम्मेदार एवं जवाबदेहबनाने की आवश्यकता है, क्योंकि ऐसे कई मामले सामने आए हैं जहाँ ऑडिटर और जाँच संस्थानों की मौजूदगी के बावजूद भी बड़े-बड़े घोटाले हुए हैं। जैसे ही कोई बड़ा बैंकिंग घोटाला सामने आता है तो उस बैंक के जमाकर्त्ताओं के समक्ष समस्याएं उत्पन्न हो जाती हैं और उन्हें अपने ही पैसे को निकालने के लिये लंबे समय तक इंतजार करना पड़ता है।

वर्ष 2001 में हुआ माधवपुरा मर्सेन्टाइल को-ऑपरेटिव बैंक घोटाले में बैंक के लगभग 45000 जमाकर्त्ताओं को अपने पैसे निकालने के लिए एक साल से भी अधिक समय तक इंतजार करना पड़ा था। अत: आवश्यक है कि ऐसी समस्याओं का जल्द-से-जल्द निवारण किया जाए ताकि ग्राहकों को परेशानी का सामना न करना पड़े।

वित्तीय विशेषज्ञों का यह मानना है कि सहकारी बैंकों पर आरबीआई को और अधिक शक्तियाँ प्राप्त होनी चाहिए एवं बैंकों को बंद करने और उन्हें तरलता प्रदान करने जैसे निर्णय लेने हेतु आरबीआई को सशक्त एवं मजबूत बनाने की आवश्यकता है। यदि शहरी सहकारी बैंक स्वेच्छा से छोटे वित्त बैंकों में परिवर्तित होना चाहते हैं और साथ ही वे केंद्रीय बैंकों के सभी मानदंडों को भी पूरा करते हैं तो उन्हें इसकी अनुमति दी जानी चाहिए।''

''इतनी सारी जानकारी होने के बावजूद भी आप उस यतेंद्र के चंगुल में फंस गए और हमें भी बुलाकर इस बैंक में खाता खुलवा लिया?'' महिला ने पूछा।

मास्टरजी बोले, ''मुझे जो जानकारी है, वह इतिहास और स्थिति के आधार पर है लेकिन इसका मतलब यह नहीं है कि सरकारी बैंकों का औचित्य ही खत्म हो जाता है। पीएमसी बैंक ने तो आरबीआई को ही चूना लगा दिया तो हम सभी तो मात्र एक साधारण खाताधारक हैं जो अपने पैसे को सुरक्षित रखना चाहता है। और जहां उसे अधिक लाभ एवं सुरक्षा दिखाई देती है वहां वह अपना पैसा डाल देता है। और खास बात यह है कि पीएमसी बैंक देश के शीर्ष सहकारी बैंकों में से एक था।

यहां बैठे-बैठे सभी के बीच इस घोटाले की चर्चा चल ही रही होती है कि इतने में ही वहां एक आदमी आता है और उनसे यहां बैठने का कारण पूछता है। तब उसे अरोड़ा जी कहते हैं:-

''देखिए हम मुंबई से आए हैं और यहां यतेंद्र कुमार जी को ढूंढ रहे हैं। वह अपने मुंबई वाले घर पर भी नहीं मिले और यहां पर भी उनके घर पर ताला लगा है। हम काफी थके हुए थे इसलिए थोड़ी देर यहां आराम करने बैठ गए। लेकिन अगर आप हमारी मदद कर सकें तो कृपया करके हमें बताइए कि यतींद्र जी हमें कहां मिल सकते हैं।''

ऐसा सुनकर वह आदमी बोलता है, ''यतेंद्र तो यहां पर कई दिनों से नहीं आया है, लेकिन हां वह आपको यहां से थोड़ी दूर अपने खेत में बने घर में जरूर मिल सकता है।''

''खेत में'', अरोड़ा जी पूछते हैं।

''जी हां खेत में आप यहां से चार-पांच किलोमीटर दूर जाइए लेकिन आपको वहां पगडंडियों के सहारे पैदल ही जाना होगा वहां आपको एक घर दिखाई देगा वह यतेंद्र का ही घर है। हो सकता है वह आपको वहां मिल जाए।''

ऐसा कहकर वह आदमी चला जाता है और मास्टरजी अपने सभी साथियों के साथ यतेंद्र को ढूंढने की अपनी इस यात्रा में आगे बढ़ जाते हैं।

8

कदम चाल

सभी खेतों की ओर आगे बढ़ते हैं और थोड़ी देर बाद वे खेतों के बीच सुनसान जगह पर पहुंच जाते हैं। सभी थके होते हैं। बीच रास्ते में एक बार तो मास्टरजी को तो यह खयाल आया था कि यतेंद्र को ढूंढकर कौन-सा पैसा दोबारा मिल जाएगा। लेकिन जब ढूंढने का कदम उठा ही लिया है तो अब उसे ढूंढ कर ही दम लिया जाए। और दूसरी बात ये कि इन्हें संतुष्टि चाहिए, इन्हें जवाब चाहिए और इन्हें लगता है कि यतेंद्र से बेहतर जवाबदेही किसी और की नहीं होगी।

आखिरकार एक महिला को दूर खेत में एक आदमी खड़ा हुआ दिखाई देता है। महिला चीखती है:-

"अरे! वह देखो, वह मुझे यतेंद्र जैसा दिखाई दे रहा है।"

सभी ध्यान से उसे देखने लगते हैं। यह आदमी बिल्कुल यतेंद्र जैसा ही है और फोन पर बात कर रहा है। सभी लोग उसे देखते ही पकड़ने के लिए दौड़ने लगते हैं। वह आदमी फोन पर बात करता हुआ उन लोगों को देखता है और वहां से भागने लगता है। अब यहां शुरू होता है पकड़म-पकड़ाई का खेल इधर तो यह सभी लोग यतेंद्र को पकड़ रहे हैं और वहां यतेंद्र भागे जा रहा है। पता नहीं आज मास्टरजी और उनके सभी साथियों में इतना जोश कहां से आ गया कि इतनी भयंकर थकान और परेशानी के बावजूद खेतों के ऊंचे-नीचे, उबड़-खाबड़ रास्तों में बहुत तेजी से दौड़ रहे हैं।

आखिरकार वे उसे पकड़ लेते हैं लेकिन यह यतेंद्र नहीं है बल्कि

यतेंद्र जैसा ही दिखने वाला कोई और व्यक्ति है। वह आदमी बोलता है:-

"भाई आप लोग कौन हैं और मुझे क्यों पकड़ रहे हैं मुझे जरूरी काम है, मुझे जाना है।

मिश्रा जी बोलते हैं, "हमें माफ कर दीजिए हम यहां यतेंद्र को ढूंढने आए थे और दूर से आप हमें यतेंद्र जैसे ही दिखाई दे रहे थे। और गलती से हमने आपको पकड़ लिया।"

वह आदमी आश्चर्यचकित होकर सभी को देखने लगता है। तभी मास्टरजी बोलते हैं:-

"जी, क्या आप यतेंद्र को जानते हैं और हमें उसके पास लेकर जा सकते हैं?"

वह आदमी काफी उदास एवं गंभीर है। चिंतित निगाहों से वह उनकी ओर देखता है और उन्हें अपने साथ चलने को कहता है:-

"आइए, मेरे साथ चलिए क्योंकि मैं भी वहीं जा रहा हूं।"

यतेंद्र के घर की ओर जाते हुए अरोड़ा जी ने उस व्यक्ति को अपनी सारी कहानी सुना दी कि किस प्रकार यतेंद्र ने उन्हें अपने चंगुल में फंसा कर इस फर्जी बैंक में खाता खुलवा दिया। और बैंक में हुए इस घोटाले की वजह से उन सभी के पैसों पर अब तलवार लटक रही है कि वे उन्हें मिल पाएंगे या नहीं। अरोड़ा जी ने यतेंद्र, बैंक, आरबीआई एवं सरकारी व्यवस्था पर काफी कटाक्ष किए।

वह व्यक्ति कुछ नहीं बोल रहा था, बस उनकी बातें सुने जा रहा था। लेकिन अंत में उस व्यक्ति ने इस मुद्दे पर कुछ बोलना शुरू किया। उसने कहा:-

"देखिए आपकी शिकायत बिल्कुल जायज है लेकिन हमारा पैसा कितना सुरक्षित है और कितना नहीं, यह सब हमारी व्यक्तिगत जिम्मेदारी भी होती है। क्योंकि हम भी कई बार अधिक ब्याज के चक्कर में या अधिक लालच में आकर बिना सोचे समझे किसी भी बैंक में अपना पैसा डाल देते हैं। यह जाने बिना ही कि बैंक की वित्तीय स्थिति ठीक

है भी या नहीं। इसके बाद हम सभी के ऊपर दोष मढ़ते हैं। लेकिन हम खुद भी उतना ही दोषी हैं जितना के हम दूसरों को दोषी ठहराते हैं।''

उसने आरबीआई एवं सरकार की भूमिका पर भी थोड़े सवाल खड़े किए और कहा:-

''हालाँकी यह बात भी ठीक है कि पीएमसी बैंक में हुए घोटाले के बारे में आरबीआई को भनक तक नहीं थी तो आम लोगों को कहां से पता चलता। जिस तरह से फर्जीवाड़ा कर बैंक के कर्मचारियों ने फर्जी खाते खोले और यह पता ही नहीं चलने दिया कि बैंक पिछले दस ग्यारह वर्षों से नुकसान झेल रहा है, यह सोचने लायक बात है।

उसने बताया कि आरबीआई हर साल बैंक के कार्यों की जांच के लिए सालाना रूप से ऑडिट करता है। लेकिन आरबीआई को ऑडिट में ज्ञात ही नहीं हो पाया कि बैंक नुकसान में चल रहा है। हालांकि सहकारी बैंक 'सहकारी समिति अधिनियम' के अंतर्गत पंजीकृत होते हैं तो इन पर पूर्ण रूप से अधिकार आरबीआई का नहीं होता बल्कि ये बैंक, बैंकों के सदस्यों एवं राज्य सरकारों द्वारा ही संचालित होते हैं। लेकिन आरबीआई से इन्हें मान्यता प्राप्त जरूर होती है।

लेकिन आरबीआई की यह जिम्मेदारी बनती है कि उसे यह ज्ञात हो कि किस बैंक का आर्थिक ढांचा मजबूत है एवं किसका कमजोर। यह आरबीआई की कमजोर नीति एवं कमजोर ऑडिट प्रणाली का ही नतीजा है कि इतने वर्षों तक लगातार फर्जीवाड़ा होने के बावजूद भी वह यह पता नहीं लगा पाई कि एक अग्रणी सहकारी बैंक के अंदर इतना बड़ा घोटाला हो रहा है। यह पहली बार नहीं हुआ है। आरबीआई अपनी उपयोगिता को पूर्ण रूप से सिद्ध नहीं कर पाई है।

इसमें किसी की मिलीभगत है या नहीं, घोटाले की जानकारी पहले से थी या नहीं यह बात तो सब पर्दे के पीछे की है जो आम जनता के सामने कभी आ ही नहीं पाती। आरबीआई को इस घोटाले का पता भी

बैंक के ही आंतरिक सदस्य द्वारा दिखाई गई बैलेंस शीट से ही मिला अन्यथा आरबीआई तो अब तक इस बात से अनभिज्ञ ही थी कि यह घोटाला हो चुका है।

तब मास्टर जी बोले, ''आपकी जानकारी काफी अच्छी है। क्या आप भी यतेंद्र द्वारा फंसाए गए एक खाताधारक हैं जिसके पैसे डूब चुके हैं?''

उस व्यक्ति ने गंभीर मुद्रा में हल्का सा मुस्कुराकर इस प्रश्न का कोई जवाब नहीं दिया।

दरअसल, घोटाला होने के बाद आरबीआई ने आनन-फानन में बैंक में होने वाले 6 महीने तक सभी प्रकार के कार्यों पर रोक लगा दी। और 23 सितंबर को यह निर्देश दिया कि 'ग्राहक आने वाले 6 महीनों में मात्र 1000 रुपए ही निकाल सकते हैं।' लेकिन इसके बाद 26 तारीख को इस सीमा को बढ़ाकर उन्होंने 10000 कर दिया। उपभोक्ता के अधिक विरोध एवं धरना प्रदर्शन करने पर आरबीआई ने इसे दोबारा बढ़ाकर 25000 तक कर दिया और उसके बाद 15 अक्टूबर से इसकी सीमा 40000 तक पहुंचा दी। आरबीआई ने अपने ग्राहकों को यह संतुष्टि भी देने की कोशिश की है कि लगभग 70% लोगों का पैसा उन्हें दोबारा मिल जाएगा।

इस सिलसिले में बैंक के दो निवेशकों और पूर्व प्रबंधक जॉर्ज थॉमस को गिरफ्तार किया जा चुका है। और इसके अलावा बैंक के कई बड़े आला अधिकारियों के खिलाफ मामला दर्ज किया जा चुका है। लेकिन यह हर बार क्यों होता है, क्यों इन घोटालों की शुरुआत में ही पता नहीं लग जाता? क्यों यह हजारों करोड़ों के नुकसान पर जाकर पता चलता है? यह आरबीआई एवं उसकी भूमिका पर प्रश्नचिन्ह लगाता है।

9

खुलासा

भारत में घोटालों के पीछे की वजह हमेशा इतनी देरी से सामने आती है कि तब तक वसूली करना बहुत मुश्किल हो जाता है। लेकिन इसका संशोधन बहुत ज्यादा जरूरी है। क्योंकि इसमें मास्टरजी जैसे लोग बेवजह बर्बाद हो जाते हैं और अपनी जिंदगी भर की कमाई खो बैठते हैं।

सभी यतेंद्र कुमार के घर पहुंचे। वहां बाहर कुछ लोग जमा थे, शायद इनका भी खाता यतेंद्र ने बैंक में खुलवाया था। मिश्रा जी ने उनमें से एक व्यक्ति से पूछाः-

''क्या आपका भी पैसा डूब गया।''

आदमी ने कोई उत्तर नहीं दिया बस अपना सिर हिला कर मना कर दिया।

घर के चौबारे में जाते ही देखा तो सभी के सभी दंग रह गए। आंखों की पुतलियां फैल गईं, मुंह खुला का खुला रह गया क्योंकि यतेंद्र कुमार अब इस दुनिया में नहीं रह गया था। वहीं बैठी उसकी मां, पत्नी और तीनों बेटियों का रो-रो कर इतना बुरा हाल था कि अब तो आंसू भी आंखों से निकलना बंद हो गए थे। मास्टरजी को यह देखकर तो बहुत दुःख हुआ लेकिन उन्हें अभी तक समझ में नहीं आ रहा था कि आखिर यतेंद्र को हुआ क्या।

क्या यतेंद्र कुमार को लोगों ने मार दिया या उसने खुदकुशी कर ली यह जानने के लिए मास्टरजी वहीं बैठी उसकी मां के पास गए उन्होंने पूछा।

आखिर इन्हें क्या हुआ?

उस वक्त यतेंद्र की मां तो कुछ नहीं बोली लेकिन उसकी पत्नी ने जवाब दिया रात को कमरे में गए और अंदर जाकर गेट बंद करके उन्होंने जहर खा लिया।

"लेकिन क्यों?" मास्टरजी ने पूछा।

पत्नी ने बताया कि पीएमसी बैंक के घोटाले की खबर सुनते ही ना जाने क्या हुआ और यह बर्दाशत ही नहीं कर पाए और हमें इस तरह अकेला छोड़ कर चले गए।

यह सुनकर मास्टरजी एवं उनके सभी साथियों को बहुत दुःख हुआ तब उनके साथ आई उस महिला ने यतेंद्र की पत्नी से पूछा क्या बाहर खड़े इन लोगों के भी खाते यतेंद्र कुमार जी ने उस बैंक में खुलवाए थे।

तब यतेंद्र की पत्नी बोली जी नहीं यह सभी तो इसी गांव के लोग हैं।

"तो फिर उन्होंने आत्महत्या क्यों की?" महिला ने पूछा।

पत्नी बोली, "यह बहुत ही कमजोर दिल के थे बड़ी मुश्किल से इन्होंने इतने सालों की मेहनत कर पन्द्रह लाख रुपए कमाए और सभी को उस बैंक में जमा करा दिया और अपनी बड़ी बेटी की शादी के लिए लड़का ढूंढने लगे। लेकिन जैसे ही यह घोटाले की खबर उन्होने सुनी उनका दिल टूट गया उन्हें लगा शायद अब यह पैसा दोबारा कभी नहीं मिल पाएगा और उन्होने खुदकुशी कर ली। लेकिन दुःख की बात तो यह है की वह हम सभी को इस तरह अकेला छोड़ कर चले गए। मैं क्या करूं हमारे परिवार में यही थे जो सिर्फ कमाने वाले थे। तीनों बेटियां जवान हैं मां की दवाई चल रही है और सारा पैसा बैंक में डूब गया।"

यह सुनकर मास्टरजी की आंखें भर आईं। मास्टरजी और उनके साथियों के तो शायद चार पांच लाख ही डूबे थे। लेकिन जिस व्यक्ति को वे दोषी समझ रहे थे वह तो खुद ही इस त्रासदी का सबसे बड़ा शिकार था, जिसका जीवन अब समाप्त हो चुका था।

और उस समय वह व्यक्ति भी इन सभी को देखकर इसलिए भागा

था क्योंकि उसके पास फोन आया था कि यतेंद्र ने खुदकुशी कर ली और मास्टरजी और उसके साथी उसे यतेंद्र समझ बैठे। वह व्यक्ति यतेंद्र का मित्र था और एक बैंक में कार्यरत था।

जब एक इंसान को अपने भविष्य और उम्मीदों पर खतरा दिखाई देता है तो वह या तो सामना करता है या हार मान लेता है। मास्टरजी इस मुसीबत का सामना कर रहे थे। वहीं यतेंद्र हार मान चुका था। अब तक मास्टरजी और उनके सभी साथी यतेंद्र कुमार को पी. एम. सी. बैंक का एक फर्जी एजेंट समझ रहे थे जो कि बैंक के भ्रष्ट कार्यकर्ताओं के साथ मिला हुआ था। लेकिन आज उसके गांव में आकर इन्हें सच्चाई का पता चला।

पैसा मास्टरजी समेत सभी का डूबा है और ऐसे ही लाखों लोगों का भी लेकिन अब तक आए हुए मौत के मामलों से यह साबित हो जाता है कि बड़े तबके द्वारा किए गए भ्रष्टाचार एवं घोटालों का सबसे खराब परिणाम अगर कोई भुगतता है तो वह यतेंद्र और मास्टरजी जैसे आम लोग होते हैं। इस बैंक के डूबने से ऐसे ही ना जाने कितने परिवार खत्म हो गए कितनों का भविष्य खतरे में पड़ चुका है हम तो बस प्रभाव के नाम पर इन लोगों की स्थितियों का वर्णन कर सकते हैं लेकिन दुःख की असली पीड़ा का अनुभव सिर्फ यही लोग समझ सकते हैं।

10

अंत

मास्टरजी अपने घर में बैठकर टीवी देख रहे हैं। अभी-अभी आए समाचार के अनुसार अब खाताधारक ₹ 50000 तक निकाल सकेंगे। इसके साथ ही आरबीआई ने लोगों को यह आश्वासन भी दिया है कि 70% लोगों के पैसे उन्हें दोबारा मिल जाएंगे। शायद कुछ हद तक तो आज मास्टरजी ने चैन की सांस ली ही होगी। लेकिन जब तक यह आश्वासन पूर्ण रूप से अमल में नहीं आ जाता तब तक इन बातों पर भरोसा नहीं किया जा सकता।

उनके सभी साथी अभी इसका इंतजार ही कर रहे हैं लेकिन इसमें कितना समय लगेगा इस बात की पुष्टि अभी कोई नहीं कर सकता क्योंकि कई बार उस वक्त पैसा मिलने से भी लाभ नहीं होता जब उसकी जरूरत ही ना हो। एक बुजुर्ग व्यक्ति की तो यही इच्छा होती है कि उसके जीते जी उसका धन वापस मिल जाए।

यतेंद्र जैसे लोग जो अब इस दुनिया में नहीं रहे हैं इन घोटालों के असली शिकार बने। काश यह थोड़ा-सा आश्वासन आरबीआई द्वारा थोड़ा पहले दिया गया होता तो शायद अब तक हुई मौतों की घटनाएं ना घटती।

देश में सहकारी बैंकों की आवश्यकता को नकारा नहीं जा सकता, क्योंकि इन्हीं के माध्यम से हम देश में बैंकिंग प्रणाली को जन-जन तक पहुँचा पाए हैं। परंतु सहकारी बैंकों संबंधी घोटालों को देखते हुए यह भी आवश्यक है कि देश का सहकारी बैंकिंग ढाँचा स्वयं में कुछ

बुनियादी परिवर्तन करे। नियंत्रण के द्वंद्व की समस्या सहकारी बैंकों के समक्ष हमेशा रही है, जिससे निपटने के लिये यह आवश्यक है कि आरबीआई और राज्य सरकारें एक ही पटल पर आकर समन्वित रूप से कार्य करें जिससे सहकारी बैंकों को देश के विकास में योगदान दे सके।

क्योंकि पहले भी ऐसे बहुत से घोटाले हो चुके हैं जिससे देश की अर्थव्यवस्था को और देश के लोगों को अच्छा खासा नुकसान उठाना पड़ा है। इनमें प्रमुख हैं, 'वसंतदादा नागरी सहकारी बैंक' जिस पर आरबीआई ने प्रतिबंध लगा दिया था और यह 2017 में हुआ था। इसके अलावा 'पदम श्री डॉक्टर विठ्ठलराव विखे पाटील कॉपरेटिव बैंक' पर भी बैन लग चुका है। 'कराड जनता सहकारी बैंक महाराष्ट्र' पर भी प्रतिबंध लग चुका है और 'विदर्भ महिला अर्बन को-ऑपरेटिव बैंक कर्नाटक' पर भी हाल ही में प्रतिबंध लगा है। इस प्रकार सहकारी बैंकों के प्रतिबंधित होने के ये कुछ नए मामले हैं और जिनमें अब एक नया नाम पंजाब एंड महाराष्ट्र को ऑपरेटिव बैंक का भी जुड़ गया है

देश के बड़े सहकारी एवं वाणिज्यिक बैंकों पर सरकार की नजर हमेशा रहती है लेकिन उसके बाद भी इन बैंकों में इस तरह के घोटाले होना बहुत चिंता का विषय है। अगर हम इसमें सरकार की जिम्मेदारी की बात करें तो सरकारें हमेशा से ही ऐसे मामलों से बचती आई हैं। जब इस बैंक को घाटा होना शुरू हुआ उस वक्त की महाराष्ट्र सरकार अलग थी और अब जब यह घोटाला उजागर हुआ तो आज की सरकार अलग है।

हालांकि इस मामले पर सरकार की पूर्ण जिम्मेदारी एवं जवाबदेही बनती है क्योंकि जब इस बैंक ने आज से लगभग दस साल पहले 2008 के बाद घाटे में जाना शुरू किया तो उस वक्त की सरकार की यह जिम्मेदारी बनती थी कि वह बैंकों में होने वाली गड़बड़ियों के खिलाफ कड़े कानून बनाए और समय-समय पर बैंकों के कार्यों का आकलन करें। क्योंकि इतने बड़े-बड़े घोटाले एक ही दिन में नहीं होते यह वर्षों

चलते हैं और फिर एक दिन इनके बारे में पता लगता है तो हम उस समय की सरकार पर उंगली खड़ी करने लग जाते हैं।

जिस प्रकार पीएमसी बैंक इस बड़े फर्जी घोटाले से जुड़ा है उसका सबसे बड़ा कारण सरकार एवं आरबीआई की लापरवाही रही है। क्योंकि सरकारी तंत्र भी किसी न किसी तरीके से इन बैंकों से जुड़ा हुआ होता है। उसी प्रकार आरबीआई द्वारा सालाना की जाने वाली ऑडिट में भी बैंकों की गड़बड़ियों को ना पकड़ पाना, उसकी कार्य करने की पद्धति पर सवालिया निशान लगाता है।

और यदि पिछली सरकारों में इस तरह के घोटालों और फर्जीवाड़ों पर ध्यान नहीं रखा गया तो इसका मतलब यह नहीं है कि वर्तमान सकार इस मामले में चुप रहंगी क्योंकि वर्तमान सरकार भी इस मामले में चुप्पी नहीं रख सकती क्योंकि वर्तमान सरकार की यह जिम्मेदारी बनती है कि वह लोगों को आश्वस्त करे कि उनका धन सुरक्षित है और भविष्य में उन्हें प्राप्त भी होगा।

लेकिन समस्या यही है कि सभी चाहे वो सरकारी तंत्र हो या कोई अन्य संगठन ऐसे मौके पर अपनी जिम्मेदारी से मुंह फेर लेते हैं। आखिरकार पैसा तो देश की जनता का ही है। अगर किसी को दोष दिया जाए तो वह पुरानी और नई सरकार दोनों को ही दिया जाएगा। इसके साथ ही आरबीआई की भूमिका भी इसमें बहुत ही महत्वपूर्ण रहती है।